О ЛЕНИВОЙ ЛЮСЕ И НАСТОЯЩЕЙ ДРУЖБЕ

MW00956089

Все права защищены.
Полное или частичное копирование произведений запрещено,
согласование использования произведений производится с автором.

Жила-была обезьянка Люся. Она жила в прехорошеньком домике на большой цветочной поляне на самом краю леса.

Во дворе у Люси росли деревья с вкусными и сладкими
фруктами, а за домом стояли большие качели,
на которых Люся любила качаться больше всего на свете.
Но это и не странно, ведь Люся была обезьянкой!

В доме у Люси было три комнаты. Большая и светлая гостиная с очень удобным диваном и двумя креслами – здесь Люся любила по вечерам читать сказки про волшебников и прекрасных принцесс.

Уютная спальня, для которой Люся своими руками сшила хорошенькие розовые занавесочки.

И миленькая кухонька, в которой Люся любила готовить свои любимые шоколадные пироги с бананами.
Обезьянка так любила свой уютный домик, что старалась, чтобы он всегда был чистым, поэтому не ленилась и часто убиралась в доме.

Однажды Люся проснулась и очень расстроилась - за окном лил дождик, и всё небо было затянуто тёмными и мрачными тучами. Обезьянке стало так обидно, что сперва она даже хотела расплакаться. Но потом Люся съела кусочек пирога, и ей тут же стало немного веселей.

Однако делать ничего Люся в этот день не стала
и до вечера пролежала на диване с книжкой.
Дождик пошёл и на следующий день...
и на следующий день... и ещё....
Люсе совсем ничего не хотелось делать, и она
целыми днями валялась на диване и разгадывала
кроссворды из старых журналов.

В конце концов, Люся так разленилась, что совсем перестала убираться в доме. Каждый раз, когда Люся хотела заняться уборкой, её одолевала такая лень, что обезьянка обещала самой себе прибраться как-нибудь завтра. Так проходил день за днём, погода на улице установилась расчудесная и Люся решила не терять время на пустяки и побольше гулять на свежем воздухе.

- Ведь лето такое короткое! – говорила Люся сама себе,
а прибраться в доме я всегда успею!
И Люся целыми днями качалась на качелях, прыгала
на скакалке и играла со своими друзьями в прятки.

В один из таких дней Люся как всегда играла со своими приятелями слонёнком Тимом и тигрёнком Ником на цветочной полянке. Как вдруг солнце зашло за тучу, и поднялся сильный ветер.

– Быстрее! – закричал Тим. - Бежим к Люсе в домик!

Друзья со всех ног побежали к домику обезьянки.
- Это даже хорошо, что погода испортилась, - сказал
тигрёнок, - немного поиграем в твоём домике,
он у тебя такой хорошенький.

Но когда друзья вошли к Люсе в дом, они так и застыли
у порога. Дом обезьянки было не узнать – повсюду царил
полный беспорядок.

Ник только было хотел присесть на диван, но поскользнулся на игрушке, которые были то тут, то там разбросаны по гостиной, свалился и больно ушибся.

- Это что у тебя здесь твориться, - захныкал тигренок, потирая ушибленный бок. Ты зачем повсюду игрушки разбросала?

Это всего лишь небольшой творческий беспорядок! – ответила Люся. Просто нужно под ноги смотреть! Пойдёмте лучше я вас пирогом угощу!

Тим был большим любителем покушать, поэтому с
удовольствием первым побежал на кухню. Однако не успел
он переступить порог, как тут же плюхнулся на пол,
поскользнувшись на банановой кожуре.
Бабах! И весь дом задрожал! А слонёнок завопил:
- А-а-а-а-а-а! Ты что специально всё вокруг поразбрасывала,
чтобы мы то и дело падали?

- Прости, пожалуйста! – засмущалась Люся, - просто...
я ... просто...
- Просто нужно почаще убираться в доме, - проворчал Ник,
подавая руку Тому.

- Мы, наверное, пойдём домой – сказал слонёнок, что-то
я уже перехотел играть.
- Ну что вы, куда же вы пойдёте, ведь на улице дождик!
Сейчас я быстро приберусь, и будем играть
в прятки!

Но Ник и Тим не захотели оставаться, и ушли домой.
А Люся очень расстроилась, ей было очень совестно,
что из-за её беспорядка в доме она обидела своих друзей.
Погоревала немного обезьянка и решила взяться за уборку.

- Да, работы много... - подумала Люся, но ничего, как-нибудь справлюсь. И как только я умудрилась привести дом к такому беспорядку?

Только Люся собралась подметать, как в дверь постучали.

Это были Тим и Ник.

Послушай! – сказал Ник, мы, конечно, сперва обиделись на тебя, но потом подумали, что мы ведь друзья и должны помогать друг другу во всём...

- Вот.... И мы решили помочь тебе с уборкой, если тебе конечно нужна помощь, – продолжил Тим.
- Ой, друзья, как же я рада! Спасибо вам большое! – воскликнула обезьянка.

А через несколько часов все трое уже сидели на кухне за столом и попивали ароматный чай с шоколадным пирогом. Домик обезьянки сиял чистой и порядком.

А Люся сказала:
- Спасибо вам, друзья, когда вам будет нужна моя помощь, только скажите!
- Да не за что! – ответил Ник, ведь друзья нужны не только для того чтобы вместе играть, но и помогать друг другу!

Made in United States
Orlando, FL
06 May 2023

32851227R10015